지나가는 기차를 보는 사람

〈조르주 심농〉의 소설 제목에서 빌림.

지나가는 기차를 보는 사람

지은이 이우근
펴낸이 성상건
펴낸날 2024년 2월 10일 초판 1쇄 발행
펴낸곳 도서출판 나눔사
주소 (우)10270 경기도 고양시 덕양구 푸른마을로15
301동1505
전화 02.359.3429 팩스 02.355.3429
등록일자 1995년 3월 27일
등록번호 제 2-489호(1988년 2월 16일)
이메일 nanumsa@hanmail.net

값 17,000 원
ISBN 978-89-7027-885-8 (03810)

이우근 시인의 스무 살 동화

지나가는 기차를 보는 사람

글 · 이 우 근
그림 · 이 상 진

나눔사

작가의 말

〈비가 오나 눈이 오나 우편물은 배달될 것이다.〉
미국에서 유행한 노래 중의 한 구절이다.
기억도 마찬가지로
과거에서 현재로, 미래로 배달될 것이다.

지나가는 기차를 본다.
플라톤의 표현처럼 '모든 사람과 모든 존재의 구경꾼'이고
싶었지만, 불가했다.
야속하진 않지만, 나만 빼고 잘 흘러간다.
즐거운 일이다.

그런 나를 본다
씹고 걷고 쓴다.

이우근.

지나가는 기차를 보는 사람

차례

01
11 page

02
72 page

01

추억할 기억이 있어, 야금야금 파먹으며, 노을에 익사하며,
횃불과 모닥불 사이, 내게도 그런 따스한 순간이 있었다는 사실에
경악하며, 그것을 밑천 삼아 잘 살았다고 생각한다면,
순전히 나만의 착각일까, 그럴 확률이 지배적이지만, 괜찮다, 엎질러진
물이 아니라 차곡차곡 챙겨 담아야 할 순수의 물이다.

그때,

별이,

먼 먼 우주에서

대기를 뚫고

시공을 초월해서

찬밥 한 그릇으로,

냉수 한 컵으로,

하얀 토종 민들레로,

아삭한 양파처럼

내 삶의 밥상으로

왔다.

승하가 내게로 왔다.

하얗고 여문 조약돌이 쪼르르 왔다
이슬처럼
아침 나팔꽃처럼
해바라기처럼
아삭한 콩나물국처럼
은박지에 반사되는 햇살처럼
머리 위를 살짝 덮은
뜨개질 직접 짠 귀마개를 하고
톱밥 난로 화롯가에 앉아
책을 읽고 있었다.
때때로 책을 내려놓고 기도하고 있었다.

기도라는 것은
무엇인가를 갈구하는 것이라고 배웠다.
사람이 하지 못할 그 무엇을
추구하는 것,
그러나 승하는 그냥 단지
가만히 앉아 있는 것 같았다.
단정하게 손을 모으고 고개를 숙여
자신의 발끝을 응시하고 있었다.
가만히 앉아 있는, 단순하면서도 정제된
정물화 같았다
먼 길 가야할 사람 같았다.

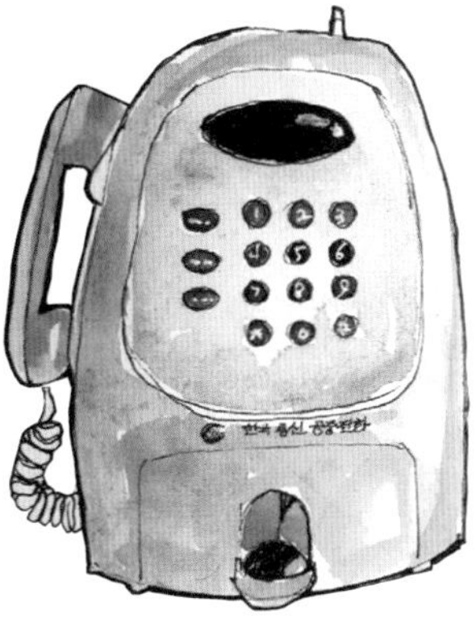

그림 임종식

기도하고 절하는 것은
아래를 보는 것, 가장 절실한 본질을
관찰하는 것인데,
우리는 그것의 의미를 몰랐어도
몸으로 알고 있었나 보다.
내가 먼저 의미를 부여했는지도 모르지.
그것 또한 아니었을지도 몰라, 그냥 졸고 있었을지도.
성당은 너무 따스했거든, 나는 그런 따스함이
너무 좋았다.
나중에 따스한 사람이 되어야겠다고 다짐을 했지만,
지금, 부도수표!

아무튼, 사람은 담담하게 눈앞의 현실을
직시해야 함을 나는 배웠다.
사랑 앞에서는 더더욱 그래야 한다.
승하의 모습에서 조건이 없음의 순백(純白)을 나는
보았다,
순전히 나 혼자만의 무한대의 착각이긴 했겠지만,
사랑하면 눈곱마저 물방울 보석으로 보인다더니
알퐁스 도데의 '별'에 나오는 스테파니처럼
지상으로 잠시 소풍을 온 순수의 천사가 거기 있었다.
곧 하늘로 돌아갈 것만 같아서 속으로 애를 태웠지만,
그러나 아무래도 좋았다.
기도하는 그것만으로도 무엇인가가 완성이
되어가는 듯 했다.
그 누구를 막론하고 존재하는 것은 소중하고 위대하고
존재적 가치를 지닌다는 사실은 진리였다,

사진 박정용

저녁 종소리가 울리고,
타박타박
톱밥 타는 소리가
물소리처럼 깊었다.
밖에는 눈이 오고 있었다.
눈은 공중에 멈추어 서서
창밖에서 우리를 보고 있었다.
나는 기도하는 승하의 모습을
성당의 가장 뒷자리에서
보고 있었다.
문을 닫아야 해,

청소를 담당하는 직원이자 신도인
노인네가 길을 재촉했다.
문을 나서서,
손을 잡고 걸었다.

그런데 나는
나는 아직도 걷고 있다.

춥고도 따스한 길이었다.
그리고 더워도 서늘했다.
그 시골길.

창수네 과수원 뒷길에 앉으면
사월 사과꽃 향기
헤어지기 전 아늑한 뒷골목
깜빡이던 백열등 가로등
그 아슬아슬하고 수상한 높이
찬내[冷川] 뚝길 그 고운 자갈밭 은빛 윤슬
물소리 참 조곤조곤하고 소소한 그 강변
중학교 교정의 눈이 따가운 찔레꽃
수줍게 건넨 편지
유치하고 맹랑해도
그래서 더 파릇파릇했던 시간

하염없이 앉아서 밤을 구축하며
서로 젖어드는 풍경
조용히 자리를 떠나면
우리 뒤를 따르는 달그림자
서로 밟지 않으려 부축하며
자연스레 잡는 손
그 어색하고 살뜰한 동작

가장 찬란하며
가장 소박하며
가장 어설픈,

그림 임종식

풋풋한 비린내 나는 입술
그 불의 소인(燒印),
나에게는 해인(海印)이었지.
서로 부끄러워
아무 말 못하고
그렇게 걸었던 길,
언덕에 올랐다가 산에서 내려오는*
좋은 추억이,
찔레꽃과 이팝나무 꽃잎의 사태와 같아서,
그것이 비록 당의정(糖衣錠)이었다 해도
말 그대로 산더미처럼

기억의 창고에서 넘쳐나고,
바다로 내리는 폭설(暴雪) 같아도
그대로 흔적도 없이 사라지는
하염없는 부질없음이라도 말이다.
아카시아 꽃피고
뻐꾸기 울 때
우리는 말없이 얼마나
먼 산을 바라보았는지,
삶의 전망
흐릿해도
그럼에도 가자고,

사진 박정용

입술 꽉 깨물며,
진정한 여행은
돌아오지 않음을 전제로
출발한다고 말했지.

너의 이름은 영원하고,
유효하고,
지속적이지만,

이젠 멈추어야 할 때,
그러나 잠행(潛行)의 연속,

사진 박정용

마침표를 위한 신호등이지만
거침없는 내면의 질주
달콤하고 맵고,
돌아보는 잠시의 머뭇거림이지만,
한 발 쉬고
백 리를 간다는,
그 기회를 획득한다.
기억을 잠식(蠶食)하며
새로운 감각을 추구하는
몹쓸 버릇,
아스피린 같아서,

마약(痲藥)과 같아서,
감기약과 두통약 같아서,
상시로 복용하는.
중앙통 우체국 대각선 건너편
그 찻집에서 내게 엽서를 보냈다.
일에 지치고 수업에 지쳐 들른 찻집이라고,
'민해경'의 '어느 소녀의 사랑 이야기'를 신청하고,
잠시 눈을 감고 내 생각을 했다고 했지,
생각이 나요, 병아리 빛 노란 원피스, 하얀 샌들
찰랑이던 생머리

그때를 생각하며 나는 '음악다방'이란
글을 썼지.

나, 스무 살
유치원 보조교사
야간대학 1학년
일을 마치고, 수업 끝나고
길을 잃고 다방에 들러
음악신청 했어요
서울, 너무 먼 당신에게 쓰는 편지
하지만 이 고통 참 적당해요
우리 동갑내기, 동시대의 가치를 무얼 알겠어요
사랑, 참 싫어요

아프니까
다만 고전(古典)이 아니더라도
유행가이긴 싫어요
음악에 익사했다가 까무룩 졸다가
마지막 버스를 타러 가요,
그렇게 시작인 우리를 나는 믿어요
싸구려를 부추겨 고귀함이 되고
천박함이 영화가 되지 않기를
바라고 바라며
지금, 이 가난, 극복하리란 예감,
살면서 살아요
그건 필연이죠
잊혀진데도 말이에요.

서툰 만남이라 참 소박했지.
철 지난 바닷가,
호수가 바라다 보이는 절집
툇마루에 앉아
햇살을 쬐는 거,
부끄러울 거 없었지만 무에 그리
부끄러운지
될수록 사람들의 눈을 피해,
오롯하게 아무 말도 하지 않고
망연히 풍경을 보는 거,
혹은 미래에의 성찰과 전망, 마음을

그림 임종식

다잡는 일이었지.
흔해빠진 데이트, 스파게티가 다 뭐야
뒷골목 분식집 칼국수와
뽀송한 찐빵이 일상적인
메뉴였지
그래도 밀가루처럼 하얀 날들
찔레꽃처럼 눈부시지 않아도
고왔던 날들, 생각해 보니
그런 추억이 살아가는 자양분이 되었지
소금이든 설탕이든 무엇이 문제이겠는가,
비록 거친 음식이라도 달게 씹으며

세상의 온갖 부조리마저도
소화시키고,
거친 들판에 튼튼한 말뚝을 박듯
황금의 똥을 누면서
내가 최후의 자양분이 되리라
거들먹거렸지.
그러니 승하가 질색팔색할 밖에.
승하도 소녀였고 숙녀였고 여자였지.
개뿔도 모르는 철부지는 오직 나 혼자였다
그 무모함에 반성하고 묵념함,
잠시 날아오르다 터져버린 찢어진 풍선 같은 놈.

사진 박정웅

모두에게는 자기의 길이 있다.
승하는 예수님을 사랑했지만
나는 부처님을 사랑했고
술을 좋아했다,
예, 술을 하죠, 라고 강변했다

무책임했다

그래도 직진하고 망가지면서
조금씩
깨달았다, 삶, 그 먼 길!

그림 임종식

창창한 상상력과 무기력의 역학 속에서
읽고 또 읽으며 쓰고 지우기를 반복했다
성성한 코스모스와 노을을 삼킨 사르비아의
반사된 햇살에서 얼핏 보이는 삶의 가능성,
그래서 모두가 어깨동무를 하고 가야 할
먼 길, 그런 것을 성찰하는 것이 삶의 길이라 생각했지.
승하는 아이들을 가르치며
하느님의 아이들로 자라길 원했지만
나는 자유방임, 무정부주의자였다.
아이들은 키우는 것이 아니라
스스로 자란다고 주장했다.

모두가 부자를 꿈꾼다면
탐욕과 절망으로 좌절하고 말겠지만

모두가 가난을 자청하면
아무도 가난하지 않다[2]는 말을 나는 믿었지
궁핍도 하나의 삶이지
자처한 가난은 청빈이 아니라도
좁쌀만큼의 가치는 있지.
덜 소비하는 미덕을 자랑하지,
낯짝 부끄럽게도 그렇게 허세를 부리기도 했지.
전부이자 아무 것도 없는 거,

내용 없는 아름다움[3]

채우기 위한 빈 잔
이런 변명으로 줄다리기를 하며 방패로 삼아
교묘하게 버텼지.

좀 거창하지만 다윈의 이야기를 빌려 변명한다.
다윈은 〈종의 기원〉의 거의 모든 장에서 "변이"의 힘을 칭송했다. 그는 다양성이 있는 유전자들의 풀이 얼마나 건강하고 강력한지, 심지어 완벽하게 자기 복제할 수 있는 벌레들과 식물까지도 새로운 변이형을 만들어낼 수 있게끔 유성생식 능력을 갖추고 있는 것을 발견하고는,

이런 사실들은 정말로 아름답구나 하고 경탄을
금치 못했다고 한다.[4]
좀 더 사족을 달아본다.
대다수가 생각도 할 수 없는 발명과 발견,
혁명을 이루게 하는 열쇄는
'확산적 사고를 하는 뇌'일 것이다.

그렇게 시간은 흘렀다.
그렇게 스스로 제법 서로 넓어졌지만
거리는 멀어졌다.
나의 지독한 이기심은
하나는 외롭고
둘은 이미 귀찮아진다는
인식에서부터 시작되었다.

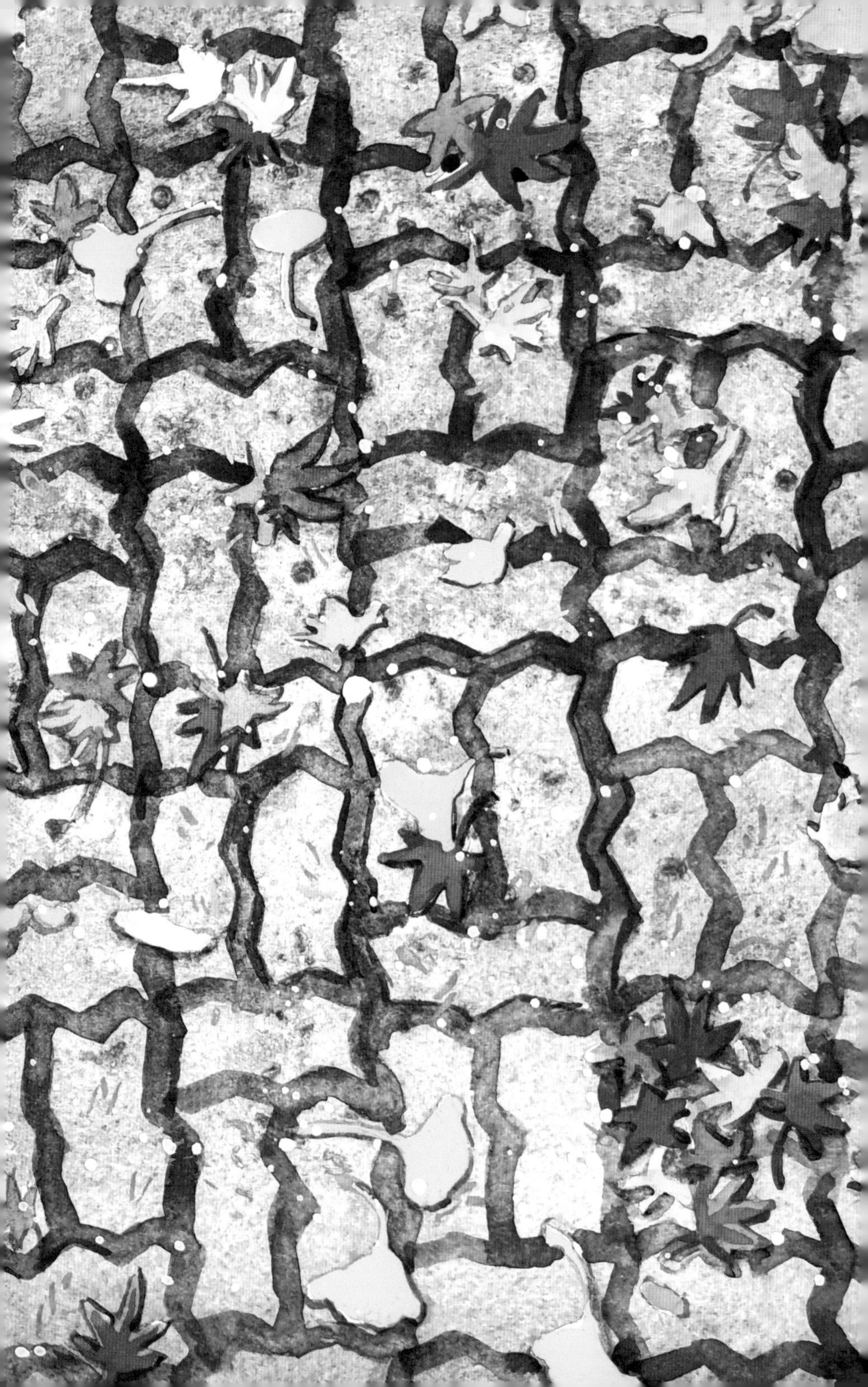

자유와 방임에서 머뭇거리다가
결국에 미아(迷兒)가 되어 버렸다,
젊은 시간을 낭비한 대가는 혹독했다.

때로는 세상은 비규범적이며
정의롭지 않으며 냉철하고 가혹하고
비정하다.
배타적이며 이기적이고 지독하게
뻔뻔하다.
마른 눈물을 삼키며 전봇대에 기대어
하염없이 별을

바라볼 때가 많았지.
생존의 욕구에 몸부림치며
저항하는 것이 참
서글프기도 했다.
불가항력의 높은 장벽은 어디에서 존재하고 있었다.
그럼에도 불구하고 사랑한다는 자세를 지향하고자
하는 많은 사람들의 소담한 노력이 보이지 않는 곳에서
소금꽃처럼 자라고 있었기 때문에, 그래서 살았다고,
결국, 지금까지 살아왔다고,
그래서 자빠지지 않을 수 있었고 나뒹굴지
않을 수 있었다고.

그 기억의 출발에는 늘 그대가 있다.
무엇이 그것을 가능하게 했을까?

가을비 같았기 때문이다.
풀잎 끝에 매달린 이슬 같기도 하고,
혹은 가을날 오후 종신서원을 알리는
성당의 종소리,
발자국 없는 눈밭 같았기 때문이었다.

내가 삶에 치여 버러지처럼 저 아래
땅바닥보다 더

그림 임종식

아래에서 몸부림치며 살다 가더라도,
그럼에도 불구하고 밥벌이의 지겨움과
숭고함을
모두 껴안을 수 있었던 것은, 그리하여
그 지난한
여행을 무사히 마칠 수 있다면,
그 소명을 얼마만이라도 쟁취할 수 있다면,

아마도 그것은 그때의 조건 없는 지켜봄,
하염없는 기다림,
무욕(無欲)의 헌신,

끝내 허망한 이별이 우리의 쓸쓸한 결말이라 할지라도,
영원을 응시하는 그대의 눈빛,
조용한 갈망,
우레와 같은 침묵이 가슴에 불을 지피고 있었기
때문이었을 것이다.

이별은 우리가 문제가 아니었다.
신파극의 경우처럼 백혈병으로 죽거나, 신분상승의
혜택에 무임승차하여 계급적 위화감을 해소하지 못한
소시민의 비애 따위는 존재하지 않았다.
성격적 차이라는 고루한 표현은 어른들의 레토릭이었다.

그림 임종식

시대의 함축적이고 표면적이고 물질만능의 개념과는
차이가 있었다고 나는 강변했다.
다만,
이별은 오히려 신념적인 문제였다.
생존이고, 그것의 쟁취를 위한
그런 영역의 확장을 위한 지난한 고통이었다.
감당이 되지 않으면서도 감당해야 할 황홀한 고통!
백 번이라도 거부하지 말아야 할 그런 성장통의 시간.
사랑하는 것에는 이유가 없음으로, 그로 인해 그대가
있음으로, 그것으로 완벽한 줄 알았다.
그러나 그것이 전부는 아니었다.

세상에는 나름의 법칙이 있다.
상대와의 싸움은 물론이지만 적은 내부에 있었다.
그래서 싸우는 것이다.
그것이 진정한 전쟁이다.
싸움에는 이기는 사람이 없다.
다만, 스스로를 거두고 반성하고, 시간이 지나 왜 그리
생각하지 못했을까.
그런 회한이 남는다면,
그래서 모두가 승리자가 된다.
젖은 사람은 더 이상 젖을 수가 없고

사랑은 차마 아득하여 그 모든 것을 거부하면서도
아늑하게 안을 줄 안다.
사람을 사랑하는 것은 세상을 사랑하는 것이다.
나의 공부는 나름 처절했다.
영원히 끝나지 않을 것이다.
등대는,
움직이지 않으면서 모든 것을 움직인다,
바다를 움직인다.
그대라는 좌표는 먼 미래의 전망이었다.
그대는 몰라도 나는 불의 소인(燒印)으로 가슴에
새기고 있다.

그림 임종식

그 순간에 머문다면 나는 거기에서 죽어도
괜찮을 듯 싶었다.
별과 별들 사이의 평균 거리는 100만 킬로미터의
3,000만 배나 된다고 한다.
우리는 너와 나의 거리를 포기해야만 한다.
그래, 우리 멀리 떨어져 서로를 그리워하더라도
천문학적인 거리에 비하면 아무 것도 아니다. 그래서
부처는 그것을 이용하여 훌륭하게 우리에게 사기를 치며
중생을 위로한다. 그렇게 속는 것이 아니라 나름의
방법으로 위로받는 것인지도 몰라.
그러나 우리의 시간은 무량대수로 남을 거라 믿어.

그런 것을 우리의 적멸이라고 생각하자, 당신은 절대로 동의
하지 않을 테지만. 개소리 말라고. 불구하고 나는
하염없이 길을 걸어갈 것이고.

'드레퓌스의 의자'[5]에 앉아 진정한 세상에로의 탈출을
위한 희망을 감추지 않은 빠삐용처럼,
산다는 것의 신세계의 발견,
편리한 삶에 대한 갈망과 그럼에도 불구하고 거부할 줄
아는 잠시의 진솔한 유예,
인간으로서의 가치,
소중한 것에 대한 쟁취를 위해 드넓은 바다를

바라보았던 그 젊은 날의 분기탱천을 생각하면,
그리워라, 즐거워라,
아무도 탓하지 못할 것이다.

산다는 것은 돌고 도는 전기구이 통닭,
기름기 쫙 빼고,
계급장 다 떼고,
빈 몸으로 만주 들판으로 나서는 독립군인 것을,
개털모자를 덮어쓰고 있더라도
마음에는 순은(純銀)의 광장(廣場)이 펼쳐질 것을.
산다는 것은 훈장이었다, 스스로에게 추서하는,

그림 임종석

한 발 내디뎌, 그래서 조금씩, 나아지는 삶,
비록 미완성일지라도, 꼭 그만큼의 완성,
인생의 의미는 조그맣게 빛나더라도
그 한순간으로도 찬란하다
변절자와 사기꾼과 협잡꾼과 변절자는 하루에 수천 명도
넘게 생겨나지만,
순수하고 아름다운 사람은 그리 쉽게 탄생하지 않는다.[6]
내가 순수한 사람은 아닐지언정 그 기대에 부응하는 많은
사람들의 변두리에서 살았음을 감사하게 생각한다.
그대가 있어 그 터와 넋을 닦았다.
나름 잘 살았다고 생각한다.

먼 산이 우리의 배경이었다.

아무 것도 쉬운 것은 없었다.
사람은 당연히 그래야 하고.
그렇게 살아가고.

안녕, 우리의 지나간 길.

사랑은 절대적이면서도
또한 단편적이고 파편적이다.
그래서 늘 미완의 연속이다.

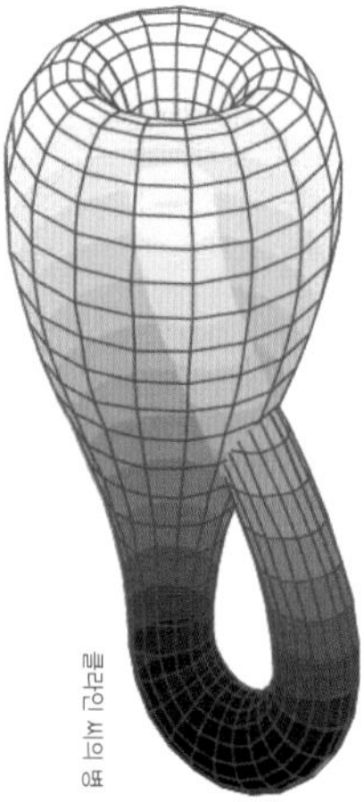

클라인 씨의 병

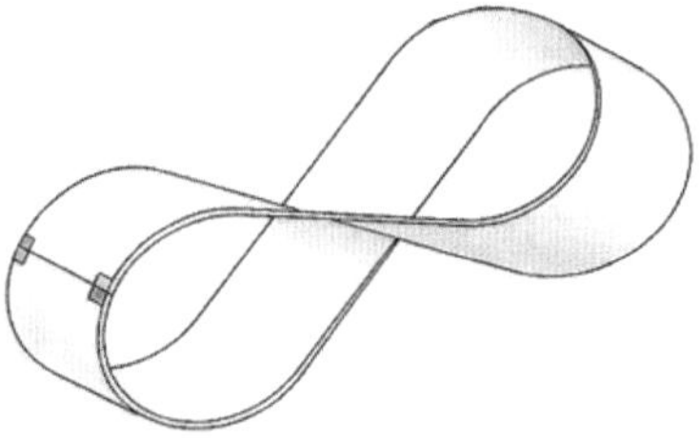

뫼비우스의 띠

시간에 머물며 시간을 지배하며
시간에서 정지되고 늘 새로운 출발을 한다.
그러나 늘 그 자리에서 맴돈다.
풍향계와 같다.
원심력과 구심력은 그래서
동일체다.
너는 뫼비우스의 띠와 같고
클라인 씨(氏)의 병(甁)과 같다.
늘 버려져도 늘 존재한다.
사라지지 않는다.
추억이라 해도

그림 임종식

그것을 기억으로 언제든지 소환하여
자극을 준다, 그렇게 존재한다.
미화할 필요는 없지만
깎아내릴 이유도 없다.
나머지공부를 끝내고
비 내리는 운동장을 터벅터벅 걸어가는
싸구려 짝퉁 젖은 운동화를 생각한다.

바람개비는 바람의 방향을 가리키지만
우리의 마음은
늘 역방향이다.

이제야 알고
정방향으로 간다, 그러나 늦었고, 늘 미진할 것이다.
마음의 행방은 아무도
짐작할 수 없다.
본능 너머의 이성,
그 너머의 존재의 상징을
뇌리에 이식하고야 만다.

안녕,
우리의 길,
평행선이면서

그 어느 지점에서
잠시 교차했다가
다시
곧은 길.

나는
배웅하지 않을래,
너 스스로
잘 떠나고,
그래서 나는
유목민이면서도
정착민,

그림 임종식

언제 또 떠날지 모르지만
미완의 거듭 미완의 완성을 꿈꾸며,
사랑이 해피엔딩일 필요는 없다.
살 부비고 지지고 볶고 살 일도 아니다.
멀리 바라보는 것,
다만 영원히 기억하는 것이다.
그것은 지속가능한 마음의 발전소 하나를
가지고 있는 것이다.
마음이 따스한 거, 그것으로 충분한 일이 아닌가!
안녕,

사진 박정용

안녕,

내 청춘.

(사실이지, 이렇게 말은 하지만 안녕, 이라는 말은 존재하지 않는다. 삶은 누군가에게 의해 영원히 지속되리라는 무언의 약속이 존재하기 마련이며, 또한 그것이 삶의 당위성이자 필연이기에, 이별은 단절의 의미가 아니라 새로움에 가능성 또는 연속성의 징검다리를 의미하니까. 또 미네르바의 부엉이는 황혼에 날아오르는 법이니까!)

---

1. 영화 〈잉글리쉬맨〉의 원래 제목을 빌림.
2. 카톨릭 노동운동가인 피터 모린의 말을 빌림.
3. 김종삼 선생의 시에서 빌림.
4. 룰루 밀러, 〈물고기는 존재하지 않는다〉에서 일부 빌림.
5. 절해고도의 섬에서 탈출을 꿈꾸며 바다를 바라보는 빠삐용의 시선으로 바라본다는 의미로 썼다.
6. 에밀 졸라의 '나는 고발한다'를 지지한 마크 트웨인의 말을 차용했다.

02

잊는다는 게 말처럼 쉬운 일인가!
무덤에 갈 때까지 불가능한 일이다.
보내지 못할 편지를 쓴다.

그리고,
그가 생각하는 걸 나도 생각한다고 그가 생각하리란 걸 나도 생각한다.*

*수학자 존 포보스 내쉬 주니어의 말을 빌림.

나는 그때를 우리의 훈장이라 생각합니다.
반추할 수 없는 거울이라고도 할 수 있겠지요.
빛나진 않았지만 스스로 빛이 나요.
나는 그것을 믿어요.
우리가 걸어온 길이 환한 자작나무가 하늘을 떠받치고 있었다고 했더라도 그곳은 시베리아의 동토(凍土)였어요.
그 사계절의 숲에서 보낸 아득한 날들, 춥고 아팠지요.
그래도 희망이란 것이 있어 참 즐거웠지요.

세상은 선과 선의 싸움이지 선과 악의 싸움이 아니었지요.

나는 사람들의 선한 의지를 믿는 편이에요.

사랑한다는 그 밑도 끝도 없는 무한의 신뢰에, 그 어깨에 내리는 저녁노을에 이마를 기댔지요. 전부이자 모든 것이었지만 또한 아무 것도 아니었어요.

도시의 가을은 어떤가요? 내가 사는 마을의, 바다의 아침 안개, 혹은 낙조(落照), 그 모든 게 당신 아님이 없었지만, 그럼에도 자꾸 바래어져 버려 이제는 희미한 흔적으로 남아 있다 해도 결코 사라지지 않음을 알기에 애써 지우거나

거부하지는 않아요.

평행선이 소실점에서 만나 영원히 우주 속으로 사라지는 것이라 지금 생각해요.

분명한 것은 이것 같아요.
사랑은 끝이 있지만 이별은 끝이 없다는 것!
수많은 이별 속에서 우리는 조금씩 튼튼해진다는 사실은 진실인 거 같아요.
결코 만날 수 없어도 서로 멀리서 그리워하며

그렇게 아프면서 마음을 키워가는 것이 아닐지.
그래서 지금 내 가까운 사람들을 더욱 사랑하는 법을 배워가며 실천하니까요.
이별은 늘 생활의 밑반찬이라니까요. 우리는 먹고 살아야 해요.
행성과 행성, 이 별과 저 별의 거리라 해도 결코 멀지 않음을 나는 늘 믿고 있어요.
안녕, 이라고 말하지만, 우리에겐 그 안녕이라는 말은 존재하지 않아요.
누군가의 무덤가에 풀이 우거지고 꽃이 피고

새가 우는 것처럼 흔한 일이니까요.
결국 한 줌 재가 되겠지요.

그 끝의 결과가 바로 별이에요.
무수한 별이 되어 각자의 제자리를 찾아가겠지요.
추억이 그 각각의 기억이며, 그 기억은 영원하니까요.
후회랄 게 있겠어요, 거기서 최선이었는데.
서툴고 미숙해서 더욱 미안하고 고마웠지요.

문득 돌아보면,

시화골목

돌아오지 않을 거라서 더욱 반갑고 아쉬운 시간!

책갈피의 클로버
좀이 슨 앨범
소낙비 내리는 무성영화
수도원의 가을 안개

그렇구나,
쓰디쓴 한약을 마시고
눈깔사탕 꼴깍 털어 넣는 것처럼

그래,
이제는 안녕,

삶의 어느 변곡점에서 만난 들판에서
번쩍 두 팔을 하늘을 향해 뻗어보면
손가락과 겨드랑이, 두 다리 사이로 빠져나가는
투명한 바람처럼, 시간의 모래알처럼

안녕,

안녕,
내 청춘!

그리고 나는 조금 깨달았어요.
사랑은 사람으로 남는 것이 아니라
땅 위에서는 들과 풀꽃으로,
하늘에서는 구름과 바람으로,
마음 속에서는 달빛 고운 긴 그림자로 남는 사실을 말이에요.
그런 사실은 우리가 생을 마감하는 날까지
영원히 유효할 거라고 나는 믿어요.

부치지 않을 편지를 쓰는 마음으로, 도무지 기억되지 않을 시를, 어느 바닷가에서 소주를 마시며 썼다고, 처음이자 마지막으로 보내는 글이라며, 출처는 분명하게 기억나지 않지만, 이런 시를 봤어요. 10% 동의하고, 10% 부정하고, 나머지는 아무 것도 아닐 것이지만 모두의 것일 수도 있겠지요.

내 삶의 좌표는 존재하는가,
동해는 아득하다
존재의 집으로의 귀환
쉽지 않지

등대의 역할은 무엇인가,
연안(沿岸)의 작은 배를 위하여,
그렇다,
작은 우리의 소박한 소망으로
안내하는 것
나는 그런 사람이었던가
반성이 꼬리를 무는데
저 파도는
뒷덜미를 때리며
나아가라 한다
작게 빛나도 소중하다고,
밤을 지새며,

〈구룡포 등대〉

부탁이 있어요.
싸워요,
아침안개와도 싸우고, 저녁노을과도 싸우고, 모순과 불의와 싸우고, 더욱이 자신과도 치열하게 싸워요.
이기려 하지 말고 그냥 싸워요.
코피가 터지고 머리가 깨어지고 심장이 찢어지도록!

그리하면 우리, 영원의 평행선이 소실점에서 만나듯, 그렇게 만날 거예요.
우리들만의 불멸 혹은 불후가 될 거예요.
나는 그렇게 믿어요.
나는 푸른 날의 기억을 베개 삼아 삶의 날들을 마감할 거예요.
〈끝〉

사진 박정용

이 책이 발간되기까지 도움을 주신 분들
(가나다 순, 직책은 생략함)

강종숙 님 권광구 님 권백근 님 고풍엽 님 김상근 님
김정욱 님 김종암 님 권용환 님 김기호 님 김도영 님
김시호 님 김정혜 님 김종복 님 김진태 님 김오근 님
김정태 님 문형조 님 박계현 님 박봉조 님 박용국 님
박정용 님 배용재 님 신영모 님 신용길 님 윤병득 님
예현지 님 이장협 님 이정환 님 이종성 님 이창형 님
이해일 님 임채완 님 윤성일 님 장용식 님 전재연 님
정경원 님 정대화 님 정여주 님 정정아 님 정귀원 님
정삼환 님 조길용 님 정창훈 님 주낙영 님 황보상일 님
황성진 님 최근재 님 최영광 님 최일권 님 최일천 님
최종석 님 최한나 님
홍승현 님 태경엘리베이터

그리고 공봉학 님

이우근 드림